桑迪

力量	8
技术	7
体能	6
速度	5
斗志	10

[illegible]

力量	5
技术	7
体能	7
速度	10
斗志	7

斯派克

力量	7
技术	6
体能	9
速度	7
斗志	7

德克斯

力量	8
技术	8
体能	7
速度	8
斗志	9

Frankie's Magic Football
球衣8号
兰帕德少年足球小说系列

Frankie's Magic Football
球衣8号
兰帕德少年足球小说系列

Frankie's Magic Football
球衣8号
兰帕德少年足球小说系列

Frankie's Magic Football
球衣8号
兰帕德少年足球小说系列

Frankie's Magic Football

球衣8号

兰帕德少年足球小说系列

NIUZAI XIAOZHEN DE
DIANSHE JUESHA

牛仔小镇的点射绝杀

[英] 弗兰克 · 兰帕德　著
乐乐张　译

GUANGXI NORMAL UNIVERSITY PRESS
广西师范大学出版社
· 桂林 ·

出版统筹：汤文辉
选题策划：王　津　张耀霖
责任编辑：于海宝　熊　隽
美术编辑：卜翠红
版权联络：张耀霖
营销主管：耿　磊
责任技编：李春林
First published in Great Britain in 2013 by Little Brown Books for Young Readers

著作权合同登记号桂图登字：20-2015-257 号

图书在版编目（CIP）数据

牛仔小镇的点射绝杀 /（英）弗兰克·兰帕德著；乐乐张译.
桂林：广西师范大学出版社，2016.10（2017.2 重印）
（球衣 8 号兰帕德少年足球小说系列）
书名原文：Frankie vs the Cowboy's Crew
ISBN 978-7-5495-8211-2

Ⅰ. ①牛… Ⅱ. ①弗…②乐… Ⅲ. ①儿童文学－中篇小说－英国－现代 Ⅳ. ①I561.84

中国版本图书馆 CIP 数据核字（2016）第 110660 号

广西师范大学出版社出版发行
（广西桂林市中华路 22 号　邮政编码：541001
网址：http://www.bbtpress.com）
出版人：张艺兵
全国新华书店经销
北京盛通印刷股份有限公司印刷
（北京经济技术开发区经海三路 18 号　邮政编码：100176）
开本：880 mm × 1 240 mm　1/32
印张：3.625　　字数：44 千字
2016 年 10 月第 1 版　　2017 年 2 月第 2 次印刷
印数：10 001~16 000 册　　定价：18. 00 元

如发现印装质量问题，影响阅读，请与印刷厂联系调换。

谨以此书献给我最亲爱的母亲帕特夫人。感谢她当年在我只顾踢足球的时候，提醒我写作业，感谢她陪我走过人生的点点滴滴。

——弗兰克·兰帕德

序 言

很高兴我的足球小说在中国出版。这是一种奇妙的缘分，因为这套小说中，有一本我专门写到了中国！我曾经到过中国，见到了无数可爱的球迷，切身体会过这里对我的支持，我希望很快能够再次拜访中国。

我从小就喜欢踢球，这和我的家族有很大关系，我爸爸是名足球运动员，我童年最快乐的时光就是和他在后院踢球，他教了我不少踢球的秘诀。当然了，想要成为一名职业足球运动员，光是热爱足球还远远不够，还得有各种严格的训练。但正是因为热爱，即使再严苛的训练，也会乐在其中。

在球场上，我曾经攻破过许多球队的大门。很多人曾问我进球的秘诀是什么？我的回答就是：不断地练习。就是这么简单。想要踢进一个球，靠的可不只是

运气，你需要充沛的体能、娴熟的技术，还有最重要的——灵活的大脑，而想要达到这些标准，你需要不断地练习、练习、再练习，直到迎来进球的那一刻。我自认不是天才型的球员，所以，我从来不会放弃最基础的足球训练，这就是我踢球的秘诀。

中国是一个伟大的国度，我知道在那里有很多喜爱足球运动的孩子，也像我小时候一样，每天踢足球、看球赛、买足球杂志，甚至会搂着足球睡觉。我也知道，不少家长反对孩子过多地踢球（因为他们觉得会影响功课），但是我相信足球能够带给孩子课堂上学不到的东西，那就是面对困难的勇气、团队合作的精神以及进球那一刻的喜悦。

我现在是两个女儿的父亲，每天夜里，我会在她们入睡前陪她们一起阅读，希望她们能够从故事中获得勇气和信念。就像我在书中创造的弗兰克足球队一样，他们遇到各种各样奇怪的足球队，有骑士、海盗、木乃伊等历史和神话人物，也能看到很多奇怪的动植物，但是正是足够的勇气和信心，让他们一次次战胜强大的对手，并且让友谊更加坚定！

另外，每本书中加入了关于足球的知识，包括足球的历史、规则、技术等等，可以让你更加深入地了解足球这项运动。鉴于每个人特长不同，有人喜欢在前场冲锋陷阵，有人喜欢在中场运筹帷幄，还有人喜欢在后场纵横捭阖，所以，从这些足球知识中，每个人都可以学到自己感兴趣的东西。而从你翻开这本书的第一刻起，你就是弗兰克足球队的一员了，兰帕德叔叔将成为你最给力的教练！

开球吧！少年！

弗兰克 · 兰帕德

目录
CONTENTS

★ ★ ★ ★ ★

欢迎来到“魔法足球大联盟”的奇妙世界！这里有全世界最顶级的足球联赛！你还在等什么？

想要加入“魔法足球大联盟”？首先，你要组建一支属于自己的球队。注意，这种级别的赛事可不是在公园里踢着玩儿的那种，你的对手是来自世界各地的强队，比赛场地也是世界闻名的“大球场”。

现在，哨声即将响起，大伙儿系紧鞋带，众志成城，拿出你们的最高水平！祝你们好运！

——主裁判

第一章

撞上马蹄铁

球场边，小麦眉头紧锁，对着弗兰克的哥哥凯文手里的骨头“汪汪”叫。小麦的那点儿小心思，站在一旁的弗兰克早就猜透了。

圣彼得中学队是一支名副其实的强队，换句话说，他们队的实力与弗兰克魔法足球队不相上下。

此时，比赛已临近尾声，比分依旧是0 ：0，双方

球员压力都不小。场边站着不少观战的家长和老师，当然，弗兰克魔法足球队也不乏支持者。

“打起精神！小伙子们！”弗兰克魔法足球队主教练唐纳德老师站在场边龙飞凤舞地指挥着，“坚持就是胜利！”

查理站在球门线上，双手握球，准备将球抛给远处的队友，快速发动下一轮进攻。他抬头看了看几个队友的位置，将球抛给了位置较好的科比。

“科比，传给我！”露易丝说。

圣彼得中学队的一名球员扑向科比，科比轻巧地将球向侧面一拨，摆脱掉对方，紧接着用一记漂亮的弧线传球将球传给了露易丝，只是传球的高度有点儿别扭，露易丝不得不用大腿将球艰难卸下。

“漂亮！”场边传来一个声音，“竟然把球传给一个女孩，可笑。”凯文挥舞着拳头大喊。

弗兰克瞪了一眼凯文说：“人家可比你踢得好多了！”

凯文气得脸都长了："随你怎么说！"

"露易丝，传给我！"弗兰克向露易丝要球。

露易丝稍作观察，发现前方有两名对方球员向她扑来，她脚尖一扭，机敏地用将球捅出去，足球迅速从两人中间的空隙穿了过去，准确找到了弗兰克。

"儿子，加油！"嘿，没错，弗兰克的老爸也来到现场给儿子助威了。

弗兰克接球、转身、带球，整套动作一气呵成，径直朝球门方向奔去。挡在他和球门中间的只有对方的守门员了。这位守门员不可小视，他虽然身材高大，但是动作一点儿也不迟钝。从比赛开始到现在，他竟然独自挡出弗兰克魔法足球队所有的射门！

"弗兰克，射门啊！"露易丝大喊。

对方守门员不慌不忙地拍了几下手套，张开两只大手，活像一只大蜘蛛，活动面积几乎覆盖了整个球门。

"你能行的！儿子！"弗兰克的老妈也来了。

弗兰克心里有点儿打鼓，是应该继续带球呢，还是

直接射门？

他这么大块头，我还是继续带球，把他引出来再说。就这么干！

弗兰克身体前倾，开始向左前方带球。守门员死死盯着球，慢慢向他靠近。他突然使出足球场上的大杀器——“踩单车过人”①！

啊！一声尖叫。

弗兰克双腿剧痛不已，原来他被凶猛的守门员铲倒了！由于惯性，他重重地摔在了身前的草坪上。

噢！场边观众一阵惊呼。

弗兰克坐在地上，脑袋有点儿晕。

“太不走运了。”对方守门员将球紧紧握在手中，

---

① 译者注：“踩单车”是足球场上非常炫目的过人技巧，它需要双脚不断在球的四周快速绕圈做假动作，两只脚轮番在足球上方打圈，身体随之左右摆动，从而达到迷惑对方的效果。单车踩得好的巴西球员居多，罗纳尔多、里瓦尔多、罗比尼奥、罗纳尔迪尼奥、内马尔等，当然不能忘记葡萄牙的C罗。不论在英超还是西甲赛场，这一招儿吃遍天下，屡试不爽！

然后将球用力抛出。

“弗兰克，快起来！”唐纳德教练在场边大喊。

弗兰克咬了咬牙，双脚一蹬，一跃而起，飞快地向球跑去，但显然足球飞行的速度要比他快得多，看着他吃力奔跑的样子，仿佛在看慢动作回放。足球在对手脚下自如地传递，行云流水般的配合让露易丝、科比和马特都望球兴叹。还没传几脚，对方前锋一脚大力抽射，射穿了查理把守的大门。

比赛结束的哨声吹响了，圣彼得中学队队员张开双臂，肆意呼喊，用“叠罗汉”的方式庆祝这粒终结比赛的进球。

1 ∶ 0！

弗兰克魔法足球队输掉了比赛！

虽说输了球，基本的礼貌还是要讲的。弗兰克和队友友善地和圣彼得中学的队员们一一握手。

此时，他不敢抬头看露易丝，因为作为队长，球队的灵魂和领军人物，球队输球他实在难辞其咎。

“不知道怎么回事，射门那一刻，我感觉两脚发软。”

队友们纷纷走上来轻拍他的背，安慰他不要想太多。

“没事的，这个世界上，没有谁是常胜将军。”

队友们拖着沉重的步子向球场外走去，凯文突然挡住他们的去路说：“干得不错呀，菜鸟们。”

“让开！别惹弗兰克！”查理说。

“那个单刀球，就算换成她也能踢得进。”凯文幸灾乐祸地看着露易丝说。

“怎么了？怎么了？谁在闹事儿？”唐纳德教练走上来问凯文。

“哦，教练，没什么，我就是想鼓励鼓励他们。”凯文偷偷笑了笑，拖着小麦离开了。

弗兰克一屁股坐在草坪上，把球鞋塞进球包里。看着身边的足球，越看越来气，最后一巴掌拍了上去，足球滚出好远。

“小伙子，原来你就是用这样的足球来训练的啊？破成这样，也难怪你踢不进去。不过我知道，你已经尽

力了。”

弗兰克委屈地看了看查理和露易丝。的确，这个破足球看起来像被人咀嚼后吐出来的口香糖一样，但是，真正了解真相的人只有他们几个。它有魔法，是一扇通往其他世界的大门。想到这儿，弗兰克嘴角露出一丝笑容。

“有什么好笑的？”唐纳德教练不解地说，“你老是想做那些花哨的动作，一点儿都不实用。你应该更直接，直接杀死比赛。”

“对不起，教练，我只是想……”

显然，唐纳德教练对他的解释丝毫不感兴趣，还没等他说完就转身离开了。

等到大伙儿收拾好东西，弗兰克的爸爸带着小麦走了过来，问：“你要和我们一起回家吗？正好半路上去商店里给你哥哥买几件新衣服穿。”

弗兰克摇摇头。显然，此时的他不想跟凯文并排坐在后座上受他冷嘲热讽。“没事的，爸爸，把小麦留给我就行了，我自己走路回去。可能会晚点儿到家，我要走那条绕远些的田间小道，一个人静一静。”

“我们跟你一起。”露易丝说。

“好呀，顺便路上买点糖果吃！”查理真是个吃货。

一路上，大家闭口不提刚才比赛的事情，弗兰克稍微好受一点儿了。毕竟，一直以来，弗兰克都是那个处乱不惊的人。在他的脑海中，刚才那个单刀的画面不断地回放，他思考着，如果再给他一次相同的机会，那个球应该怎么踢。

这一路要经过埃文斯家的农场。“咱们看马去吧！”露易丝说。

每个周末，露易丝都会来到埃文斯农场帮忙清理马槽。作为回报，她可以免费骑马玩。农场主是埃文斯先生，现在正在路边忙着修篱笆呢。

“露易丝，你好！”埃文斯摇了摇手中的锤子。

“你好，埃文斯先生，我想带我几个朋友看看美丽的‘小仙女’，可以吗？”

“随便看吧。”埃文斯先生说。

“‘小仙女’？什么样的马会叫这么难听的名字！”查理说完，来到后院的马厩。

露易丝带着大家绕过几个空马棚，来到尽头处的马棚前说：“看！这就是‘小仙女’。”

一匹黑色大马从大门上方的空隙伸出头来，查理向后跳了一步，大喊：“好大一匹！”

露易丝一边抚摸着“小仙女”，一边笑着说：“这可是一匹母马，足足一米多高，但它性情温顺，不是吗？”

小麦“汪汪”叫了一声，“小仙女”则甩了甩它那厚重的鬃毛。

“弗兰克，来，和‘小仙女’打个招呼。”露易丝说。

弗兰克先把足球从书包里掏出来，不情愿地说：“可以。”说完，他一个人带着球练起了“踩单车”。他心想，也许唐纳德教练是对的，踢球应该多用用脑子。

查理戴着手套，在“小仙女”额头上轻轻摸了摸。

“你怎么不摘了手套摸啊？她又不会咬你。”露易丝说。

查理乐呵呵地说：“想让我摘手套？没门儿！最好的守门员，时刻准备着。”

弗兰克看到马棚外墙上钉着的一块马蹄铁，勉强挤出一点儿笑容。没错，马蹄铁在西方可是好运的象征。

也许我应该用球踢几脚马蹄铁，那样我下次射门就会好运了。

弗兰克瞄准目标，轻轻将球搓起，足球画出一道美妙的弧线，正正地砸在了马蹄铁上……

然后，足球竟然消失了。

“啊，大伙儿快看！”弗兰克大喊。

“小仙女”的嘴巴“呼哧呼哧”喘气，十分不安。查理和露易丝也第一时间转过身看着墙上的马蹄铁。

“噢！天哪！”查理惊呆了。

“简直酷毙了！”露易丝说。

小麦兴奋地“汪汪”叫。

突然，马蹄铁和马厩的外墙同时消失了，取而代之的是一个巨大的彩色旋涡！

“新的冒险又要开始了，大伙儿准备好了吗？”弗兰克清了清嗓子问。

第二章

牛仔来了

作为队长，弗兰克闭上双眼，第一个走了进去。当他再次睁开眼睛的时候，眼前的农场早已消失不见，取而代之的是一条脏兮兮的街道。街道两旁排列着破旧的木屋，其中一间门前挂着“杂货店”的招牌，另一家挂着“酒馆”。这家酒馆很是特别，一扇双向门，里外都能推。门前有一条木制门廊，随时欢迎宾客的到来。这条街道的住户大多安装了百叶窗。顺着街道放眼望去，

尽头是一片沙漠，零星的几株仙人掌点缀其中。再远一些是绵延的群山，在炽热的烈日下，你甚至能看到滚滚热浪在山脚下蒸腾的样子。这么看，这条街就像一条铁路，通往远方的未知去处。回到街道上来，一家铁匠铺门前有个马槽，魔法足球就静静地停靠在那里。

弗兰克用力深呼了几口气，奇怪，空气中弥漫着一股类似焦糖的甜味。“我们这是在哪儿？”查理这么一问，弗兰克这才看到查理的打扮，之前的校服不见了，取而代之的是一件汗衫搭配一条褪色的牛仔裤，脖子上系着一条牛仔领巾，头戴一顶宽檐牛仔帽。

“这又是穿越到什么年代了？”身穿一套花边红色束腰连衣裙的露易丝不解地问，“这……这打扮可不是我的风格啊！”

弗兰克低下头，仔细看了看自己，他脚踩一双马刺牛仔靴，裤子外侧有特别的皮质装饰，上身是一件棕色衬衫，左胸上还缝着 FFC 队标。

我们又要上场了！

小麦蹦跳着凑过来，在地面上嗅来嗅去，说：“这味道，怎么闻怎么像美国西部！”

“这你都闻得出来？”弗兰克惊讶地说。

小麦摇着尾巴说：“你不记得老爸有个习惯吗？每个周末的下午，他都会躺在电视机前的沙发上睡觉。”

“是呀，没错。”

“所以嘛，我就凑在他身边，他睡觉，我就看电视。我在电视上看到过很多来自西部的美国人，特别是那个叫约翰·韦恩的好莱坞巨星。况且，你头上的那顶牛仔帽也太明显了。”

弗兰克伸手摸了摸帽檐说：“的确是。”

“让我们去探个究竟吧！”露易丝说。

他们来到街道中央，周围一片寂静，不，或者说死寂也不为过。这种气氛让人不安、疑惑。时不时刮起阵阵大风，顿时黄沙漫天。

“人都哪儿去了？”查理用手遮挡刺眼的强光，“这地方可真够荒凉的。”

8
FFC
1

无意间，他看到街边的一扇窗子里映照出一张脸！仔细一看，却又什么都没有。

“有人躲在暗处监视我们！”弗兰克说。

他们是谁？想干什么？

其实，并不只是那扇窗后有人。街道的另一头有一座白色建筑物，有人正站在梯子上用抹布擦拭钟表。时间显示，现在是上午 11 点。

他们来到建筑物前，大门正上方挂着一个大牌子，上面写着：“火车 12 点到站！”

“先生，您好！”弗兰克主动打起了招呼。

梯子上站着一位绅士，他转过身看了看，脚下的梯子随着重心转移开始摇晃起来。弗兰克赶紧跑上去，双手死死按住梯子。面前的这位绅士，身穿黑色西装，系一条黑色领带，等等！他的脖子上戴着的是什么？竟然是一个哨子！配上一脸络腮胡，这模样怎么越看越眼熟？

“你是裁判！”弗兰克开心地说。

这位绅士从胸袋中掏出一副眼镜戴在鼻梁上，眯着眼睛观察下面几个小鬼。

“你们在胡说什么？我是糖果镇站的站长。”

“糖果镇？听起来怎么像我老家那边的地名？”弗兰克问。

“我们是弗兰克魔法足球队。”露易丝说。

站长从梯子上慢慢爬下，指着头顶的钟表说：“看来你们来早了。”

“来早干嘛？”小麦问。

一条会讲话的小狗并没有引起站长的注意，他一句话没说，慢悠悠地走进车站，默默地拿一张报纸，回到大家面前，张开报纸给大家看。弗兰克赶紧凑过来，当天报纸的头条写着这么几个大字：

牛仔联队 vs 弗兰克足球队

就在糖果镇！

正午时分，决一死战！

“‘正午时分，决一死战！’这宣传语酷毙了！”查理说。

“简单说就是12点呗，搞得文绉绉的。”小麦说。

“谁不知道啊，显摆什么，你个毛毛脸。”查理郁闷地说。

露易丝用胳膊肘顶了顶弗兰克，悄悄说：“什么‘牛仔联队’，讨厌这个名字。”

“谁不讨厌啊！”站长开始说话了，言语中带着强烈的抱怨，“说得好听是‘联队’，实际上就是一群混蛋土匪。你们有所不知，他们从糖果镇的商店里偷走大把大把的巧克力，导致糖果镇的孩子整个夏天都没有吃到一块糖果！”

“太可恶了！”查理听不下去了。

“还有，他们把果酱山里的糖矿给炸了，你们说缺不缺德？那里的村民只能用盐来做蛋糕了！”

“可恶！”露易丝说。

原来是这样啊，怪不得外面有一点儿动静，小镇上的居民就都躲在家里不敢出门。

“没必要在这儿待着，咱们赶紧去酒馆里歇歇，喝点儿东西。”站长指着远处的酒馆说，“不过，这儿可没有奶昔哦，是德克斯告诉我的，你们将就一下，喝点儿水得了。”

“是得歇歇，”查理吹了吹脑门上的汗珠说，“这地方太热了。”

“大家可以喝水，但是别忘了我们是来干什么的。现在最主要的一个问题，我们必须找到场地进行赛前训练。”

弗兰克带着球向前走，回到刚才那条大街上。

毫无疑问，牛仔联队不是那么好对付的。得找个地方练练传球，还有射门。

想着想着，一滴汗珠顺着弗兰克的后背流下。

“不过大家注意，比赛还没开始，大家不能消耗太多体力。”弗兰克提醒道。

小麦跑在最前面说："我给你们带路吧，我在电影里见过，这种小酒馆可乱了，什么喝酒闹事的、打架的，经常见。一般外地人来了，最好学几句本地方言。"

小麦"砰"地顶开旋转门钻了进去，弗兰克紧跟其后，头顶的铃铛叮当作响。

"嘿，兄弟，最近可好？"小麦好像和对方很熟似的，"我们刚刚路过……呃……"

小麦自己都没兜住话，可把弗兰克给乐坏了。

原来，这家小酒馆可不像他们想象的那样浑浊不堪，这里没有酒桌，没有酒鬼，也没有吧台，说白了，这哪里是酒吧嘛。

"太棒了！原来这是一家糖果店！"查理开心极了。

但上一秒还在欢呼的查理，下一秒便沉默下来。原来，靠墙的架子上摆放着无数瓶瓶罐罐，本以为里面装满了糖果，但是仔细一看，罐子里都是空的！有的瓶底有几块快化掉的糖果，还有的瓶底只有一两块巧克力或者太妃糖。柜台上摆放的几瓶脏兮兮的糖果酱也是不堪入目，旁边的罐子里装着一根棒棒糖，还有几块老式硬糖和几块棉花糖。

“欢迎欢迎，哪里来的稀客呀？”一个身材臃肿的女人出现在柜台前。肩上披着一头乱糟糟的卷发，看起来像很多天没有打理，“你们好，我该……”

女老板的声音越来越小，小到根本听不清楚到底在说什么。她的脸色也发生了变化，呆呆地看着露易丝，嘴巴一张一闭，像一条蹦到岸上的半死不活的大肥鱼。

“噢！天哪！噢！我的棉花糖！”她跑到大街上尖叫着，“警长！奎格利警长！快来！快来呀！”

第三章

美味的手铐

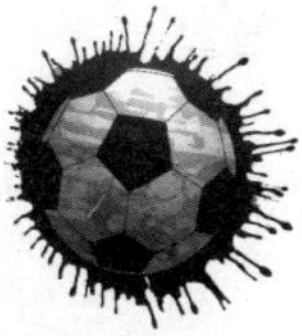

“她怎么了？”露易丝一惊。

查理打开柜台上的罐子闻了闻说：“谁知道呢，也许她不喜欢你这身打扮？”

弗兰克从查理手中夺下几块巧克力放在柜台上说：“不是自己的就别碰！咱们还有一个小时就要比赛了，别给我吃坏了肚子。”

“她竟然大摇大摆地走了进去！”窗外传来女老板的声音，“警长，你要小心点，她可是个危险人物。”

大门被一脚踹开，一位满头棕发的高个男人闯了进来。他衣袖上绣着一枚警长徽章，双手插在裤兜里，大摇大摆地站在那儿，上下打量他们几个。弗兰克话刚到嘴边，突然看到他腰间枪套里配着一把左轮手枪，赶紧又咽了回去。藏在窗沿下的女老板从窟窿眼儿里观察屋里发生的一切。

“喂！小姐！给我听着！我不想给你们找麻烦，只要你跟我走一趟警察局。”

“警察局？我做什么了？”

“请你尽量配合。”警长向前迈了一步说。

查理伸出手挡在警长和露易丝中间说：“离她远点儿！”

电光火石之间，警长从腰间拔出那把六发式左轮手枪，“砰”的一声对着查理的脚就是一枪。小麦吓得蹦了起来，查理则傻愣在原地。

枪筒冒出的白烟尚未散去，弗兰克看到查理脚尖有一块白色物体。小麦扑上去闻了闻，嫌弃地说：“原来是一块口香糖！”

“呃，好恶心。”露易丝也忍不住吐了吐舌头。

“下次你可不会这么走运了。”警长神气地说，“给我让开，小屁孩儿。”

查理咬着牙硬是不走。这时，露易丝轻轻将查理推开说：“没事的查理，我和他走一趟，只要事情能解决。”

警长走上前给露易丝戴上手铐，等一下，这手铐怎么越看越像草莓甜甜圈？警长将露易丝带了出去，弗兰克、查理和小麦紧随其后。这时，车站的钟表显示现在是上午十一点十分。

不行，绝对不能让他带走露易丝，离比赛开始还有四十几分钟，我们一共才 4 个人，一旦出点差错，连替补球员都没有。弗兰克心里盘算着。

“错了！抓错人了！”小麦喊。

“怎么抓错人了？在我商店蓄意抢劫，那就是犯罪。我可不信苏安小姐来镇上是看风景的！”

“什么苏安小姐？”查理有点蒙。

小镇的监狱是一座石头堆砌而成的建筑，外墙上贴着几张随风飘扬的通缉令，警长指着通缉令上面的画像说：“就是她！”

弗兰克凑上前去，发现这画中的女孩竟然真的就是露易丝！真的，虽然画像上的女孩用牛仔领巾遮住自己的半张脸，但是看得出眼睛和头发真是出奇的一致，画像下方写着一行字：“苏安小姐，因盗窃糖果被通缉，同伙是全美臭名昭著的牛仔联队。”

到了警局之后，警长推开大门喊道：“桑迪！桑迪！你猜猜，我抓住了谁？”屋里无人回应。

“桑迪？”

还是没有答复。

警长不耐烦地说道：“不中用的家伙！上班又

迟到!”

他给露易丝打开手铐，将她推进牢房，然后拿起刚解开的草莓甜甜圈手铐津津有味地吃了起来。他指着弗兰克说：“你，还有你的两个伙伴，最好找个地方躲起来，待会儿德克斯和他的牛仔们肯定会来镇上找人，到时候伤着你们可别找我。”

“我们是来和他们比赛的！”弗兰克委屈地说。

“那你们更要躲起来了！呵呵，祝你们好运！”警长说。

他转身走进露易丝所在的牢房，“砰”的一声甩上牢门。

查理双手捂脸，垂头丧气地说：“我们该怎么办？”

弗兰克不知如何回答。哎，今天真的是倒霉到家了！

小麦用鼻子蹭了蹭弗兰克说：“嘿，振作起来，小伙子，这场球我们能赢，现在就当露易丝被黄牌罚下了呗！但是我们还得继续踢下去啊！”

弗兰克摇摇头说：“露易丝这辈子都没吃过黄牌，

她踢球可干净了，很少犯规，她是我见过的最诚实、最可靠的球员。”

“要不咱们劫狱吧！电视里都是这么演的，是不是啊，小麦？”

小麦低声说：“是，但是人家有炸药，咱们两手空空，怎么救？”

查理又低下了头。

弗兰克看了看表，已经没有多少时间了。

想想也是，人家牛仔联队输了又能怎样？但是我们要是输了，恐怕永远都别想回家了……

窗外传来“嘚嘚嗒嗒”的马蹄声，打断了弗兰克的思绪。他们凑到窗边，糖果店老板正撒腿跑回店里，家家户户作鸟兽散，争先恐后地关上自家的百叶窗。

只见街道上尘土飞扬，遮天蔽日，黄沙中奔出 3 匹马来。

“牛仔联队到了。”弗兰克说。

第四章

仙人掌参战

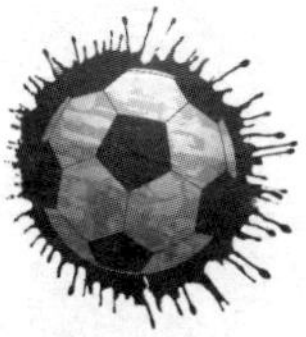

走在最前面的是一匹棕色大马，背上坐着的是一个满脸胡碴的男人。他又瘦又高，身穿紧身衬衫，头戴黑色牛仔帽，脚蹬一双黑色牛仔靴，手中握着套索。他留着一脸络腮胡，一口发黄的牙齿正在咀嚼着类似甘草根一样的东西，鼻子上还贴着一张创可贴，好像刚刚被人揍过似的。

“这应该就是德克斯了。”弗兰克悄悄说。

旁边有一匹体型较小的矮马，鞍上坐着一个用牛仔领巾蒙着半张脸的女孩。弗兰克一眼就认出，这正是通缉令上那个蒙面女贼苏安小姐！苏安猛拉缰绳，待马儿站定，摘下牛仔领巾，露出真容。真的太像了！

她邪恶地对弗兰克笑了笑。

“太像了！简直和露易丝一模一样！”查理忍不住说。

最后一匹马上坐着一个胖乎乎的家伙，套一件超小号衬衣，一排扣子都快被肚腩撑开了，肚上的赘肉依稀可见，勒在腰带上方一抖一抖的。汗流浃背的他摘下墨西哥宽边帽，对着自己一阵猛扇，这时可以看到，他的嘴巴上还残留着一层巧克力。

“这么看，他们也就 3 名队员。”小麦说。

“小狗狗，别害怕哦！”德克斯阴险地说，“斯派克，给我滚出来！”

只见德克斯身后飞沙走石，黄沙漫天，但等到一切散去，依旧没有任何动静。

“斯派克！我命令你，给我出来！”

不一会儿，一个细长的影子从两间屋子中间蹿了出来，落在街道上。大伙儿终于看到了所谓的“斯派克”——弗兰克这辈子都没见过这么奇怪的生物！它竟然是一株长满尖刺的仙人掌！它可不是普通的仙人掌，立在地上足足有一米八高，头顶有两个黑洞，应该是眼睛，眼睛下方有一道黑色裂口作嘴巴。

“该死的，我还在享受日光浴呢！”仙人掌开口说话了。

“看！这是斯派克，整个西部最令人胆寒的战士！”

“也是最懒的一个。”苏安小声补充一句。

仙人掌猛地将带刺的胳膊甩向苏安，苏安见势不妙，敏捷地向后躲开。

“小姐，话太多了吧，小心被我扎成马蜂窝哦。”仙人掌笑着说。

弗兰克向前迈出一步，把手中的魔法足球丢在身前

说："我们不怕，来吧，开踢！"

就在这时，不知从哪里传来一阵"呜呜"声，大家循声望去，一条飞快的"铁龙"蜿蜒而来，一边叫一边吐着黑烟，迎着大风冲进车站。

"东西刚到。"德克斯队伍中的胖子说。

德克斯眯起眼睛，若有所思地说："嗯，今天改变计划了，咱们今天不比赛了。"

"啊？什么意思？"仙人掌斯派克瞪大眼睛说，"我还打算教训教训这帮小兔崽子呢。"

"蠢货，东西到了，不抢白不抢！"德克斯兴奋地说。

弗兰克给查理使了个眼色，悄悄说："这可不行。"

"他们抢劫关我们什么事儿？"查理回应道。

"我们必须阻止他们，真正的牛仔这个时候就应该站出来！"小麦说。

"你是牛仔吗？你不过就是一条……"查理说。

"你们继续吵吧！"弗兰克一个人来到警长办公室

门前“咚咚”敲门，警长拉开门大吼道：“跟你说过多少遍了！你是不是也想尝尝蹲监狱的滋味？”

“警长，听我说，牛仔联队就在外头，他们打算抢劫刚刚到站的那趟火车！”

警长睁大双眼，抽出手枪，推开弗兰克夺门而出。

“德克斯！不许动！”警长大喊，“你被捕了！”

一条套索从天而降，将警长死死捆住。德克斯哈哈大笑，将手中套索一拉，警长脚下一滑就被拉倒在地。警长在地上拼命挣扎，但是绳子却越捆越紧。

“哎哟，你们这帮混蛋！”警长破口大骂，“赶紧给我松开，否则我的助手桑迪来了，有你们好果子吃！”

“噢？真的吗？你刚刚说谁？桑迪？我好怕哦！”德克斯说。

德克斯身边的胖子这时候翻身上马，向嘴里塞了一根巧克力棒，嘟囔道：“对不住了啊警长，我现在是德克斯的人了。”

“桑迪！你可是对天发过誓，这辈子都是我忠诚的

助手！”

桑迪从口袋里掏出个东西丢在地上，顺带掉出来好几张巧克力包装纸。弗兰克发现，掉在地上的还有一枚警徽。桑迪接着说：“对不住了警长，其实做强盗还挺好玩的。”

弗兰克瞅准时机，跑去给警长松绑，麦克斯也跑过去帮忙。突然，弗兰克听到脑后“咔嚓”一声，一回头，迎面正对着黑洞洞的枪口。

“够了！”德克斯说，“这弹夹里面装的可是嚼过的口香糖，你们要想活命，就老老实实地给我滚回监狱去。”

说话间，苏安飞快地将警长手中的左轮手枪夺下，转而将枪口对着愤怒的小麦。

“小麦，冷静！”弗兰克说，“你想想，这口香糖要是打在你身上，你得花多长时间才能拽下来？”

“都给我滚进去！”德克斯扬着下巴，让人家进牢房。仙人掌紧紧跟在后面，浑身利刺让弗兰克很不舒服。

“走吧，只能进去了。”弗兰克无奈地对大家说。

他们 3 个和警长一起被关进了牢房。

隔壁牢房的露易丝看到大伙儿都进来了，赶紧问：“怎么回事？”

“我们怕你一个人无聊，找几个伴儿来陪你。”桑迪说。

桑迪打开门，把他们四个推了进去，再将门锁死。临走前，桑迪还不忘把钥匙挂在对面墙上的钉子上说：“几天之后，会有人来找你们的，警长，再见喽！”他笑呵呵地离开了。

“现在该怎么办？”查理问。

弗兰克握着护栏，用力向两边推，但到头来只听自己骨头嘎嘣作响，护栏却纹丝不动。

查理和露易丝也上来帮忙，但都以失败告终。

“别浪费时间了。”警长把套索摘掉，叹了口气说。

“这可是实实在在的铁栅栏，只能等人来救了。”说完，他拉下帽檐，一屁股瘫坐在地上。

“我们必须击败德克斯，否则这辈了都别想出去了。”露易丝说。

“对了，小麦肯定能穿过去。”查理灵机一动。

小麦仰起头说：“非把我夹死不可！”说完，它把头伸进两根铁杆间，扭来扭去往前拱。

“加油，小麦。”查理说。

身体刚过一半，小麦竟然被卡得死死的，怎么用劲都动弹不得。

“不行，太窄了。”小麦痛得快哭出来了，只能扭动着退了回去。

“我知道了，是不是你吃得太饱了？”查理坏笑说。

大家都无言以对。

“对了，火车上装的是什么货？”弗兰克问。

警长抬起帽檐说：“装的是世界上最多最多的糖果，多到你这辈子都没机会再见到！要是被他们抢走，整个小镇的孩子这一年的糖果就都没着落了。”

“吃不到糖，太可怕了。”查理说。

弗兰克盯着墙上的钥匙，他相信，一定有办法拿到它。

弗兰克本想对着墙踢球来打发时间，就在球触墙的一刹那，他想出一个好办法。

“伙计们，有了，把你们的鞋带都解下来。”

“你想干嘛？”警长很不解。

“按他说的做就行了。”露易丝说。不一会儿，弗兰克手握着 4 个人的鞋带，每条鞋带都有几十厘米长。弗兰克将它们一根接一根捆起来，鞋带的一头系在魔法足球上，另一头握在手里。

“我明白了！”露易丝惊呼。

“我还不明白。”小麦说。

弗兰克先将足球塞进防护栏的两根铁棍中间，用力向外挤，由于足球内部是充气的，可以向内收缩，所以足球很轻松地穿了出去。接着，他一手抓着绳子，一手将足球用力抛向墙面，足球碰到墙后迅速弹了回来。

“噢，太聪明了，继续！”查理说。

第二次尝试过后，正好将墙上的钥匙打了下来。他再次将足球抛出，这次力量并不大，足球轻弹几下正好落在钥匙上。他对准角度，慢慢拉动足球，钥匙一点儿一点儿挪动了。没过多久，钥匙就拿到手了。

“小子，干得漂亮！”警长忍不住夸赞道。

弗兰克把钥匙插进门锁，大门“吱”的一声打开了。弗兰克对大家说：“是时候阻击牛仔联队了！”

第五章

监狱里没有糖果

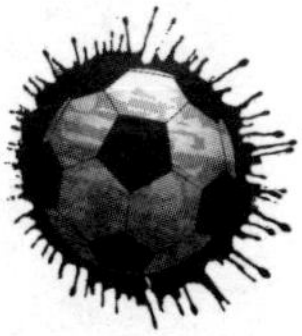

向外望去，街道上一片静悄悄。德克斯带着他的同伙们来到火车站外，先把马拴好。火车停在他们身后。

“这太疯狂了！”警长说，“他们有武器，谁能顶得住口香糖子弹啊！”

“怕什么，我们有它。”弗兰克举起魔法足球得意洋洋地说。

“还有它。”露易丝挥了挥警长刚才挣脱下来的套索。

“还有它们！”查理拍了拍手。

轮到小麦了，“我，我的装备就是‘牛仔知识’，对了，还有我的伶牙俐齿。”

“警长先生，事情是我们引起的，”弗兰克对警长说，“您就别来了。”

警长笑着说：“好主意，那你们先上，我殿后。”

弗兰克翻了个白眼儿，走了出去。大伙儿悄悄穿过街道，沿着外墙来到火车站前。弗兰克躲在外墙拐角处，伸出半个脑袋向外张望。此时，面对德克斯黑洞洞的枪口，站长只得双手举过头顶，老老实实地待着。胖子桑迪爬上火车，吃力地拆开货箱。仙人掌斯派克倒是显得悠闲许多，它伸了个懒腰，死死扎在地上享受日光浴去了。

“嘿！别在那儿闲着，赶紧过来帮桑迪一把！”德克斯催促道。

仙人掌一边嘟囔着什么，一边伸出带刺的双手迅速插入货箱，再将它们高高举起。

不一会儿，几个大箱子便整整齐齐地摆在地上了。

“打开看看。”德克斯命令道。

桑迪随手捡起一根铁棍，插进货箱的缝隙，用力一撬，桑迪先是愣了一下，随后露出一丝诡异的微笑。

“老大！是金子！纯金啊！”

他从货箱里拿起一块鸡蛋大小的金块，高举在空中。

弗兰克皱起眉头：我以为他们要抢的是糖果呢。

“让我看看。”苏安冲了上来。

桑迪把金块丢给苏安。苏安先把包装纸撕掉，然后张嘴就是一口。

“是巧克力！”查理在弗兰克耳边小声说。

“大伙儿别嘴馋哦。”小麦提醒大家。

“对，我们现在要团结起来。现在冲吧，你看，他们根本就没时间拔枪。”

“就像后卫面对一大群前锋一样？”露易丝说。

“我来搞定德克斯，”弗兰克说，“大伙儿准备好了吗？”

查理点点头，“我一直是‘时刻准备着’的。”

“准备好了。”小麦兴冲冲地说。

弗兰克把食指放在嘴唇上，嘘了一声。就在德克斯捧着“金子”乐呵的时候，弗兰克把足球高高抛起，一脚抽射，正好打中德克斯手里的左轮手枪，手枪旋转着飞了出去。查理眼疾手快，一个飞身扑救把手枪稳稳拿下。苏安一看不对劲儿，赶紧掏枪，谁知被一根套索死死捆住。

弗兰克又射出一脚，这次是冲着桑迪来的。桑迪一看不妙，敏捷地跳上货箱，躲过一轮攻击，几乎在同一时刻，他胳膊一甩，从枪套里掏出手枪，跳下箱子，躲在仙人掌身后。“都别动！”桑迪伸出脑袋，用手枪对准弗兰克说，“这是把上了膛的真枪，里面装着硬糖，打中你们可别喊疼！”

查理见机举枪对准德克斯。

苏安还在套索中挣扎。

德克斯露出一嘴黑牙，笑着说："看来大家平分秋色了。"

"马上就是正午了，我们要不要用一种传统又公平的方式来解决问题？"

德克斯死死盯着弗兰克，弗兰克毫不怯场，与其对视许久。

德克斯点了点头说："没问题。桑迪，把枪放下，就跟他们踢球，给他们点儿颜色看看。"

两支队伍面对面站立在街道两端，冷清的小镇顿时热闹起来，糖果镇的居民们推开窗，打开门，聚在一起讨论。弗兰克听到藏在太阳伞下的两个女人说："3个小毛孩儿和一条狗，又是在这大太阳下比赛，真是一点儿机会都没有了。"

"对了，那个男孩竟然还戴着手套！这大热天的，还不得闷死。"

10
8

查理好像也听到了，说：“这就是一名优秀门将要做的——时刻准备着……不要紧。”他一边说，一边抹了抹前额上打湿的头发。

弗兰克强装笑脸。他很清楚，要想拿下今天的比赛，查理不能只是“时刻准备着”，他需要拿出高出平时很多倍的状态才行。

两队找来 4 辆马车，分别做双方的球门。查理站在门线上，对面把守大门的是仙人掌斯派克。斯派克伸展四肢，正在做热身运动，浑身上下的尖刺锐利无比，在烈日下闪闪发光。

车站站长持球站在球场中央，说：“本场比赛进行到十二点大钟敲响为止。赢球方可以开走这辆火车，输球方会在监狱里度过余生。”

嘈杂的人群突然停止说话，街道上静悄悄的。弗兰克看了看大钟，十一点五十七分！只有 3 分钟。他又看了看露易丝，她的脸上写满了必胜的信念，而小麦也随时准备启动。

那就开始吧!

车站站长吹响了开场哨。弗兰克冲向足球，在德克斯出脚前将球摘走，接着轻巧地躲过一记滑铲。这时，桑迪冲出来，打算用身体冲撞弗兰克，但弗兰克聪明地跳向一边，稳稳着地，足球依旧在他脚下。

“传球！”远处，露易丝在要球了，但弗兰克发现，对方的苏安在露易丝身后紧紧跟随。他开始朝着球门方向加速带球，斯派克瞪大了眼珠，四肢伸展。

机会来了，弗兰克想。

他瞄准球门左下角，一记怒射。斯派克敏捷地伸出腿，足球正好被它腿上的尖刺扎得死死的，一动不动。弗兰克用力向地上踢了一脚，来发泄心中的郁闷。

斯派克晃了晃腿，但足球并没有掉下来。

“赶紧！”德克斯喊。

足球扎得太深，斯派克怎么都甩不掉，他用手摘，但是手上的尖刺又扎进足球里。“等一下！”他一边抱怨一边甩动四肢。

小麦忍不住笑了出来。

“霍格！”苏安大声说。

仙人掌的主人不知道从哪里跑了出来，用力将球从斯派克身上拔了下来，然后交给气喘吁吁的桑迪。

此时，弗兰克发现德克斯消失了。小麦连蹦带跳地朝桑迪跑去，刚到跟前，桑迪的大马竟然冲了出来。弗兰克这才发现，原来德克斯跑到车站前松开了他们的大马！

大马风驰电掣，小麦呆住了。桑迪抓住时机，将球传给苏安。苏安像旋风一般，带球闪过露易丝就是一脚射门，苏安射门力气之大，实在令人咋舌。足球带着一股尘土朝球门飞去，飞扬的尘土几乎挡住了查理的视线，一时间看不清足球的位置。足球呼啸着蹿进了马车车厢。

德克斯挥着拳头喊：“干得漂亮！”他傲慢地对弗兰克说：“小家伙，监狱里可没有糖吃哦。牛仔联队1：0！”

第六章

足球与子弹

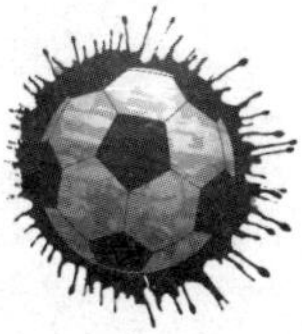

查理一脸沮丧地从马车车厢拿出足球。弗兰克看了看表，只剩 1 分钟了。

“伙伴们，打起精神！”查理给大家打气，“还记得唐老师曾经说过‘坚持就是胜利’吗？”

查理将球抛给弗兰克。桑迪挺着大肚子，像一个滚动的酒桶向弗兰克冲过来，汗水沿着头发向下流。他跑

步的姿势有点儿夸张，步幅缓慢，好像骑马一般。对付这种对手，弗兰克当然不在话下，他轻松地将球穿裆而过，桑迪由于惯性，像一台失控的坦克继续向前跑，想停都停不下来。没跑多远，正好撞上了马槽，一头栽在了饮水池里，水花四溅。

“他是该好好冲下凉了！”观众中有人喊。

“蠢货！”德克斯大吼。

弗兰克传一脚地滚球给正在接应的露易丝，露易丝刚拿到球，苏安以迅雷不及掩耳之势出现在露易丝面前。没错，苏安是弗兰克见过的速度最快的足球运动员。

露易丝观察到小麦正沿着边路插上，但是德克斯却出现在小麦身前，挡住传球路线。

别犹豫了！弗兰克看着干着急，对她喊道：“抬头！露易丝！”露易丝赶紧向上看。对于露易丝的临场反应速度，弗兰克还是相当放心的。

此时，露易丝做出一个让所有人都惊讶的举动，她竟然抬起左脚，把球踢得不着边际。场外的观众都傻了眼，发出阵阵感叹，以为这球真的是踢偏了，但是出乎所有人意料，足球正好砸在杂货店的招牌上弹回场内，而且恰恰落在了小麦脚下。

“传得漂亮！露易丝！”查理大喊。

我就知道她会成功的！弗兰克心里暗喜。

小麦紧紧把球控制在脚下，向球门方向跑去。他身后有正在追赶的德克斯，前面有张牙舞爪的仙人掌斯派克。弗兰克无意间又看到了时钟，马上就要到点了！只剩下几秒钟！

“小麦！射门！”

小麦哪里来得及回应，它像一支离弦的箭一样飞了出去，已经不知道自己应该先迈前脚还是后脚了。身后的德克斯就要赶上了，前面的斯派克也已经把射门的角度封死了。

“射门！”露易丝也急了。

太紧张了！弗兰克甚至没有勇气目睹接下来的一

幕。足球在小麦身前蹦蹦跳跳的，小麦没有选择抬脚射门，他聪明地用头将球顶出。斯派克哪里想到小狗从如此低的角度头球射门，足球向上射出，纵然他伸出胳膊扑救也来不及，足球呼啸着掠过他头顶，砸进马车车厢。

这时，小麦注意到身后的德克斯，他轻巧地闪向一边，德克斯来不及刹车，直冲冲和斯派克撞了个正着，一起滚进了球门。

“哎哟！”德克斯摔得生疼，“哎哟！给我下来！哎哟！疼死我了！”

弗兰克站在一旁看笑话，原来斯派克身上的尖刺都扎在了德克斯身上。

露易丝蹲在地上，双手抚摸着小麦，一起庆祝这个美妙的进球。

哐！正午钟声响起。

“1 ： 1！”查理拍手高呼。

德克斯好不容易才站了起来，身上的衣服被撕成了细条状，隐隐露出被刺伤的皮肤，看起来早已恼羞成怒。

他拍了拍身上的灰尘，指着弗兰克，眨了眨眼说：“哼哼，只有一种方法来决定冠军归属——我们牛仔之间的终极对决！”

“做梦！我们不是牛仔！”

“你们是不是牛仔和我没关系，我和你背靠背，大家各自向前走 10 步，然后转身，开枪。”

“你们能不能快点，”站长有点儿不耐烦了，“火车随时可能离开，下一班要等到一个月后。”

“我可不想在这种地方待一个月，”查理说，“最可怕的是，一块糖都没有。”

弗兰克想了想，说：“不然这样，我不用枪，我用足球。”

德克斯耸耸肩说：“随便，你用毛线踢都没人管你，但是别忘了，不管什么都没有我的口香糖子弹飞得快。”

“行，开始吧。”弗兰克说。

露易丝赶紧跑过来说：“弗兰克，别比了，这太危险了。”

“没有其他办法了，露易丝，来，你站后面一点。”

他一只脚踩着足球，转身背对着德克斯。车站站长站在一边说：“行，我数 10 下，都准备好了吧？”

“准备好了，我要让这个菜鸟看看，谁才是这儿的老大！”

“准备好了。”弗兰克淡淡地说。不过，很快弗兰克又担心起来。如果用球射向德克斯，很可能会把他踢伤，但除此之外，还有什么办法能对付这个大坏蛋呢？

“好的……1！”站长开始数了。

弗兰克向前迈出一步，突然想到一个好办法。

“2……3……4……”

此时，弗兰克的心怦怦直跳，他试着保持清醒的头脑。这种感觉就好像在面对圣彼得的队员一样，随时准备抬脚射门。

一定要保持清醒，一定要明白自己该做什么。弗兰克自言自语。

“5……6……7……”

看准目标，看准目标……

“8……9……”

集中注意力……保持呼吸……

“10！”

弗兰克迅速转身，只见德克斯以闪电般的速度掏出手枪，就在他准备举枪射击时，弗兰克将足球大力踢出。

足球像炮弹一样打中德克斯的手，手枪掉落之际，口香糖子弹从弗兰克耳边掠过。德克斯胳膊向上一扬，颤颤悠悠地向后走了两步，一屁股坐在地上。周围的观众都傻了眼，弗兰克一开始没看明白，后来才知道发生了什么。

原来，德克斯坐在了一坨新鲜的马粪上，皱着眉头说：“到底发生了什么？”他试着站起身来，但又被脚下的马粪滑倒，这一次，身上沾染了更多的马粪。糖果镇的人们捧腹大笑。

“有什么好笑的！”德克斯怒气冲冲地说，“别笑了！”

观众笑得更厉害了，肚子都笑疼了。

德克斯的脸黑得发紫，他扭头看了看自己那帮笨蛋队友说："够了！我不会输给一群毛头小子的！去！给我把他们抓起来！"

他的笨蛋队友们好像没有听到一样，一动不动。

"斯派克！愣着干嘛啊！"

仙人掌耸耸肩膀说："德克斯，人家赢得光明磊落。"

"苏安，别在那儿傻站着啊！"

苏安摇了摇头说："德克斯，都结束了。"

"你是个强盗！强盗！"

苏安把枪扔在地上，说："实际上，在糖果店找份工作踏踏实实地干着也不错。"

德克斯被气得咬牙切齿，踩着马粪恶狠狠地说："桑迪！把他们给我绑起来！"

桑迪听了，向后退了几步说："德克斯先生，我也差不多了。"他转身对奎格利警长说："你还要我吗，警长？我现在跟你轮班干！"

警长想了好久才点了点头，然后指着德克斯说：“先把他给我关进牢房再说。”

桑迪走上前去，死死按住德克斯，糖果镇的居民们爆发出雷鸣般的掌声。

德克斯拼命挣扎，说：“放开我！你们这帮混蛋！”人们让开一条路，桑迪押着德克斯向牢房走去。

“不会再有第二个德克斯了！”

弗兰克欣慰地笑了笑。这时，一只大手落在自己肩膀上，是查理，但是显然查理并不开心。

“我们该回去了。”查理说。

弗兰克抬头望去，远处的火车冒出两股白烟。

火车起动了。

第七章

最后一秒钟

“是时候出发了。”弗兰克拿起球大声说。

“大伙儿赶快吧！”

弗兰克和查理、小麦、露易丝一起向车站跑去，街道旁挤满了欢送的居民，站长先生微笑着冲他们挥手告别：“再见了，朋友们。”

弗兰克跨过一箱糖果冲上站台。火车“嘟嘟”几声，

开始慢慢加速，驶出车站。这时，弗兰克看到一扇车厢门向他敞开，他毫不犹豫地跳了进去。露易丝紧随其后，一只脚踩地，大跨步跳进车厢。下一个是查理，他用力一跳，双脚着地时，好不容易才保持平衡。

“等等我！”身后传来小麦的声音，“我腿太短，你们不能这么欺负人吧！”

弗兰克看到小麦奋力向前冲刺，但火车前进的速度明显更快，关键时刻，弗兰克把球塞给露易丝，跳出车厢，一把将小麦抱起来。火车还在前进，他抱着小麦已经跑不了太快了。完了，不能再等了……

“查理！接着，我把小麦扔给你！”

“呃？”小麦愣了一下，“你还没有经过我同意。”

“准备好了吗？”弗兰克问。

“没有！”小麦说。

“准备好了！”查理拍了拍手套大喊。

眼看火车就要跑到站台的尽头了。他看准目标，把小麦扔了出去。

查理看准时机将小麦稳稳接住。弗兰克双腿发热，心跳加速，但是火车轮“咔嚓咔嚓”飞快地向前转，车头处冒出缕缕白烟。

“弗兰克！坚持住！不要放弃！”

露易丝的话点燃了弗兰克战胜困难的欲望，他咬紧牙关，用尽全身所有力量，飞火流星，大步向前，在火车离开站台的最后一秒跳向车厢。他一只手抓住了车厢门框，身体被高速运行的火车拖曳得飞了起来。这时，他感觉到有人在用力拽他，原来是车厢里的小伙伴。最终，他成功进入车厢。

“多谢大伙儿了。”

终于再次找回双脚着地的感觉，弗兰克松了一口气。他将头探出车门，晚风吹拂着他的脸颊，糖果镇慢慢消失在远方。

“呃……现在该怎么办呢？”露易丝问，“这趟车能把我们带回家吗？”

“先不管了，你们看这是什么！”查理打开箱子盖，

抓出一大把糖果说，“软糖！”

火车呼啸着穿过沙漠，弗兰克注视着远方的天际线，没有看到人类活动的迹象，也没有看到任何显著的标识。当他向前望时，前方出现一个黑洞洞的隧道，火车即将穿山而过，他只想知道，山的另一端是什么。

“太好吃了，你们几个要不要来点儿？”

火车钻进了山洞，黑暗吞噬一切。弗兰克感觉车厢正在消失，一不留神，他竟然处于失重的状态，好像飘浮在宇宙中。接着，他连续打了几个滚，趴在了地上，耳边响起小麦的“汪汪”叫声，还有几匹大马的叫声。

弗兰克坐起来，从头发里揪出一把乱糟糟的稻草，小麦扑上来舔他的脸。他揉了揉眼睛，终于意识到自己已经回来了。

“马棚！我们到家啦！”

查理抖了抖身上的稻草，张开手套，发现手套中心竟然有一颗软糖。

“对不起，伙伴们，只剩一颗了。”还没说完，软糖早已入口。

接下来的那周，弗兰克和他的队员们正在与里尔公园中学队踢一场足球赛。

露易丝过掉两名防守球员，沿着边路向底线带球。她看准时机，将球传给插上的弗兰克，就在他抬脚射门的那一刻，一名对方防守球员滑铲过来，正好踢到他的脚踝，弗兰克打了几个滚扑倒在地上。

裁判吹响哨声，指向罚球点，点球！

弗兰克决定亲自操刀主罚。唐纳德教练站在球门后说：“弗兰克，把这个机会让给别人吧，你还记得上周踢飞的那个单刀球吗？让露易丝踢的话，不管结果如何，没人会责怪你的。”

弗兰克看了一眼露易丝，她笑着说：“你来吧，弗兰克，我们永远相信你。”

凯文还在场边生他爸妈的闷气，弗兰克管不了那么多了，他将球放好，退后几步，这时他听到了凯文的声

音："菜鸟又来了？"

他紧闭双眼，试图屏蔽场外的声音，然后集中注意力。他想，既然能够点球击败牛仔联队，那对面的里尔公园中学队算什么。

相信自己！

弗兰克再次后退三步，扭了扭脚腕。一段助跑之后，球鞋和足球完美地碰触，让足球画出一道美丽的弧线，冲着球门上角飞去。球网被打穿了，对方守门员没有一点反应，弗兰克足球队已经开始庆祝进球了。

弗兰克潇洒地跑向场边，高举双手，双膝跪地滑行。

"耶！"

足球就是这样富有魅力的一项运动。在这个星球上，不管你走到哪里，都能看到踢球者的身影。你不需要攒钱购买多么昂贵的装备，不需要租一块专业足球场地，也不需要提前约好一帮要好的朋友，你需要做的，只是准备一个可以在地上滚动的足球。一旦足球滚动起来，整个世界都为之旋转。那么，从今天开始，超级弗兰克，也就是你们眼前这位英俊帅气的男孩，将会正式成为你们的足球老师，为你们开讲一期又一期的足球大课堂。我的课程一共15期，每堂课呢，你们都要跟着我学习足球知识、足球技巧，最后

呢，我还会送给你们神秘的小锦囊，这些小锦囊可是超级弗兰克的传家宝，不到关键时刻不能打开偷看哦！什么，等不及了？好啦，弗兰克足球大课堂，现在，开！讲！啦！

FOOTBALL

足球知识

比赛用球

足球用皮革或其他适料制成，圆周不长于70厘米、不短于68厘米。足球重为410克到450克。说起比赛用球，阿迪达斯和耐克是两家最大的足球生产商，不过每届世界杯的比赛用球设计都被阿迪达斯独享。1963年阿迪达斯开始制作高质量的世界杯比赛用球，当时生产的绝大多数足球是咖啡色的，芯很沉，踢起来很重，时间长了脚会很疼。

1970 年，国际足联第一次要求阿迪达斯为墨西哥世界杯提供官方用球。每一届世界杯比赛用球都有一个响亮的名字，例如 1970 年墨西哥世界杯的“电视之星”，1986 年墨西哥世界杯的“阿兹特克”，2002 年韩日世界杯的“飞火流星”，到 2014 年巴西世界杯的“桑巴荣耀”，每一届世界杯用球的出现都会引领一阵新的足球设计风潮。当然，漂亮的前提是要质量好，触感舒服。

比赛时间

一场足球赛分为上、下两个半场，每个半场 45 分钟。两个半场之间有 15 分钟的中场休息时间，补充时间俗称“补时”，需要主裁判根据比赛中消耗的时间（例如替补球员上场的时间、球员受伤治疗的时间以及因其他不可抗力因素导致的比赛暂停时间）临时进行补时时

长的决定。其实补时对于多数球队来说非常宝贵，多一分钟就多一分进球的可能，裁判要合理把握补时长度。

队员

一场足球比赛中，一共有两支球队参加比赛，每支球队场上球员不得超过 11 名，其中必须有一名球员为守门员，如果任何一方场上人数不足 7 人，比赛不能进行。一场足球赛中，每支球队最多可以换上场 3 名替补球员。

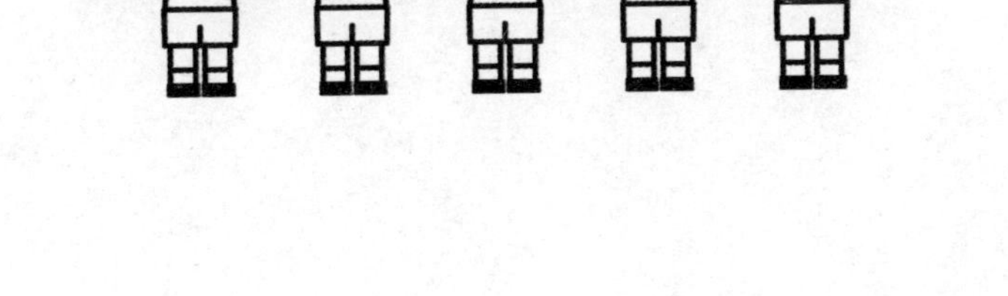

FOOTBALL

足球技巧

说起足球技术，相信很多人第一时间会想起无数足坛名将，他们风驰电掣地带球，眼花缭乱地过人，出神入化地射门，征服了一代又一代的球迷。这里提到的“技术”是我们广义上所说的足球技术，而实际上，超级弗兰克接下来要讲的“足球技术”是具体的足球技术，主要从进攻技术和防守技术两大类着手，其表现方式包括接球、传球、射门、带球过人、头顶球、掷界外球、抢断、守门技术等。本章，我们继续介绍3种基本的足球技术。

抢断

抢断是足球中的一种技巧，目的是将球从对方脚下断掉或者破坏，也是发起反击的重要一环。抢断主要分为合理冲撞断球、正面铲球和侧面铲球。因为抢断涉及双方球员的身体接触甚至碰撞，如果掌握不好抢断技术，往往会引起对方的误解和双方纷争。在抢断时，我们要注意以下几点：第一，抢断的最高境界是干净地将球断下或者破坏，换句话说，你只能冲着球去抢断，而不是对方球员的身体。第二，你可以从对方球员前方、

侧面和身后抢断，但是切记，身后铲球要多加小心，因为身后铲球很容易伤害到对方球员的身体，也最容易招惹来红牌和黄牌。第三，抢断时候要冷静，要紧盯足球，看准机会再出脚。

搓球

球场上，如果你想将球越过对方球员头顶传给自己队友，或者想在点球时候玩一招勺子点球的话，就要用到搓球这一技巧。首先，你要看清足球将要到达的落点，然后助跑，用脚面向足球底部搓去，摆腿速度一定要快，这时，足球会带着强烈的旋转一跃而起，接着轻盈落地。勺子点球需要落点更加精准，对脚法和力度控制要更严格，因为在点球点上，很多球员会受到场内外的压力，导致出脚动作变形，但是如果控制得好，勺子点球就是一种美的享受。因为在面对点球时，守门员一般会选择

一个方向扑救，这时如果将球搓起，直接打中路，守门员往往会措手不及。

助攻

助攻，简单说就是用传球的方式帮助本方队员进球，按照国际足联的官方定义是“助攻是进球方一名或两名球员将球输送给最终进球球员的过程”。球场上，助攻可以通过短传、长传甚至射门来实现。每届大赛上，大家关注最多的话题往往是“谁是射手王”，但实际上，助攻者是射手光环背后那个默默无闻的支持者，他们用源源不断的精妙传球为射手输送炮弹，为别人做嫁衣。

古有诸葛亮赐给赵云3个锦囊，拯救了刘备的蜀国，如今，超级弗兰克在足球场上游刃有余的同时，口袋里可塞了不少锦囊妙计。不卖关子了，让超级弗兰克给你抖出3个足球锦囊看看，接着！

锦囊一：把买糖果的钱省下来买足球杂志吧！

热爱足球，我们就要将足球融入我们的生活中去。平时课业繁重的情况下，同学们最简单、最直接与足球亲密接触的机会莫过于买一本足球杂志了。有人皱起眉头问，那我刷刷足球微博不就了解当天的足球新闻了吗？此言差矣，大家拿着手机看一些未知来源的简短又杂乱无章的足球新闻，往往不知所云，甚至充斥着很多

错误信息；倒不如放学的时候到报刊亭买一本当天刚刚出炉的足球杂志，拆开包装，坐在桌前细细品味传统纸质媒介带给我们的亲切和愉悦。超级弗兰克有一个习惯，几乎每周都买一本专业足球杂志，阅读各国专业足球记者深入浅出的文章、足球知识、连载足球漫画以及球迷世界等内容，不但能一口气了解一段时间里国内外足球的消息，也可以学习专家讲解的足球知识，以及欣赏其他球迷是如何热爱足球的。同学们，少买一些糖果，多读一些足球杂志，让自己变成一个专业的足球人！

锦囊二：到自己支持球队的主场朝圣

作为一名足球迷，到自己支持球队的主场朝圣是必不可少的一项活动。作为学生的你，不要把零花钱花在零食小吃或者电玩游戏上。从现在起，你要开始学会攒钱，一点一滴，当你大学毕业的时候，你攒的钱足够你

到那座神圣的球场朝圣。这是一个圆梦的过程，很早许下一个梦，经过自己的努力实现。当你踏进球场的那一刻，用手轻抚座椅的质地，呼吸球场的气味。徜徉于球队荣誉室，回顾球队的光荣历史，这是一次人生的升华，一次和足球最亲密的接触。尽情享受吧！

锦囊三：和队友打成一片

一支球队最需要的就是凝聚力，大家齐心协力做一件事情才更有可能成功！足球也是一样，在球队里，你要主动融入其他球员的话题。如果你有到国外踢球的机会，你还需要练一口流利的外语，否则你很可能成为“饮水机管理员”。球场上，赢了一起狂，输了一起扛。不论比赛结果如何，赢球时纵情庆祝，输球时默默检讨，此时你唯一要做的就是和队友、教练在一起。球场外，自己埋头苦练的同时，不要忘记和自己的教练及队友多聊聊，深入理解球队的战术。很多球员之所以一直打不上主力，并不是因为他不够努力，而是他并没有真正融入这支球队。所以，同学们，足球是一项团队运动，要想寻求自己的发展，必须将自己完全融入球队中去。

致谢

首先，我要感谢Samantha Smith、Charlie King、Kate Webster、Madeleine Feeny 还有小布朗出版社的每一位员工。其次，我要感谢来自The Blair Partnership经纪公司的Neil Blair、Zoe King、Daniel Teweles和其他员工。再次，我要对Mike Jackson在插画上所做出的努力表达深深的谢意，是他让小说里的人物栩栩如生。同时，我要致以Michael Ford最特别的感谢，感谢他的聪明才智和耐心；最后，我要感谢Steve Kutner，我的好友，是他给予我巨大的帮助和指导，不只体现在这套小说里，一切的一切，都要感谢他。

游戏规则

1. 洗牌，摸牌。
2. 玩家用自己摸到的卡牌组建球队，每 4 张卡牌组成一支球队；玩家也可自行约定每支球队的卡牌数。
3. 玩家自行决定谁先“开球”（即出第一张牌），后出牌者选出一名队员进行阻截，阻截是否成功取决于双方球员的能力值（力量、技术、体能、速度、斗志），玩家自行约定比较哪一项数值，数值高者获胜，并继续与对方的下一名球员进行对决。
4. 玩家手中的最后一张卡牌，即为守门员，如用于比较的能力值低于对方的球员，则球进，反之则守门成功。无论球进或不进，第一轮进攻到此结束，由守门员“开球”，开始第二轮进攻（注：每一轮进攻中，每位球员的某项能力值只能使用一次）。
5. 每场比赛的总时间为 5 轮进攻，即双方进攻的轮数总和是 5 轮；玩家也可自行约定进攻轮数。
6. 比赛完毕后，记录下每支球队的成员和战绩。